親愛的鼠迷朋友，

歡迎來到老鼠世界！

謝利連摩・史提頓

Geronimo Stilton

《鼠民公報》
辦公室
賴皮
（謝利連摩的表弟）
班哲文
（謝利連摩的姪兒）

GERONIMO STILTON
謝利連摩・史提頓
菲
（謝利連摩的妹妹）

老鼠記者 104
追尋黃金小說
CACCIA AL LIBRO D'ORO

作　　者：Geronimo Stilton　謝利連摩・史提頓
譯　　者：陸辛耘
責任編輯：胡頌茵
中文版封面設計：許鍩琳
中文版美術設計：劉蔚
出　　版：新雅文化事業有限公司
香港英皇道499號北角工業大廈18樓
電話：（852）2138 7998
傳真：（852）2597 4003
網址：http://www.sunya.com.hk
電郵：marketing@sunya.com.hk
發　　行：香港聯合書刊物流有限公司
香港荃灣德士古道220-248號荃灣工業中心16樓
電話：（852）2150 2100　傳真：（852）2407 3062
電郵：info@suplogistics.com.hk
印　　刷：C & C Offset Printing Co., Ltd
香港新界大埔汀麗路36號
版　　次：二〇二二年十二月初版

http://www.geronimostilton.com
Based on an original idea by Elisabetta Dami.
Art Director: Iacopo Bruno
Cover by Roberto Ronchi, Christian Aliprandi
Graphic Designer: Laura Dal Maso / theWorldofDOT (Adapted by Sun Ya Publications (HK) Ltd.)
Illustrations of initial and end auxiliary pages: Roberto Ronchi, Ennio Bufi MAD5, Studio Parlapà and Andrea Cavallini | Map: Andrea Da Rold and Andrea Cavallini
Story illustrations: Danilo Barozzi, Silvia Bigolin, Christian Aliprandi
Artistic Coordination: Roberta Bianchi
Artistic assistance: Lara Martinelli
Graphics: Chiara Cebraro

ISBN: 978-962-08-8120-6

18/F, North Point Industrial Building, 499 King's Road, Hong Kong
Published in Hong Kong SAR, China
Printed in China

老鼠記者 Geronimo Stilton

謝利連摩・史提頓
Geronimo Stilton

新雅文化事業有限公司
www.sunya.com.hk

目錄

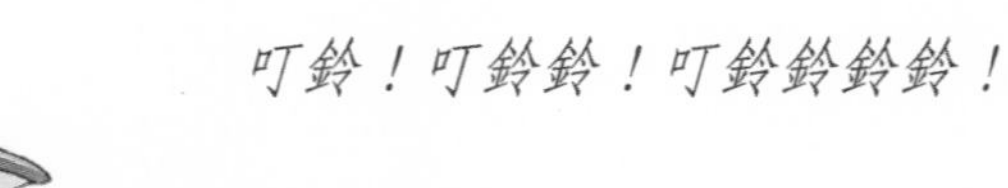

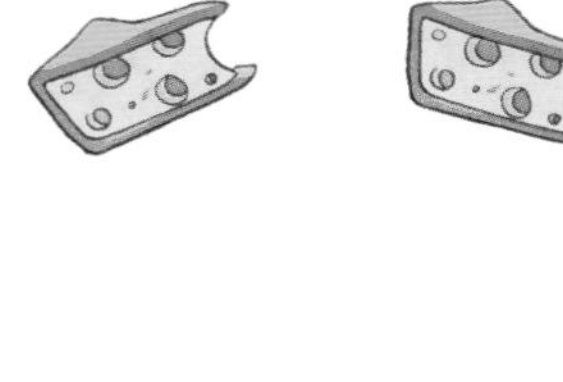

馬克斯·坦克鼠

謝利連摩的爺爺，
《鼠民公報》創辦人。

弗蘭克·快手鼠

妙鼠城的問題解決專家。

天娜·辣尾鼠

馬克斯爺爺的管家，
她的廚藝出色。

零零K

謝利連摩的好友，
是一名特工。

一座書山

那是一個寧靜的周四傍晚，我正在書房裏打掃，給書本**撣去灰塵**……

我可是好不容易才下定決心整理書架的呢！那裏收藏着我的所有著作，而且全部都是第一版啊！

啊呀呀……看來，我真是很久沒有收拾了呢！你們看，我這一撣，一團**灰塵**就立刻飄起來！我忍不住打起噴嚏，停也停不下來：

「啊……
啊……乞嚏！
乞嚏！乞嚏！」

啊，不好意思，我都忘了做自我介紹呢……

我是史提頓，**謝利連摩·史提頓**。我經營着**《鼠民公報》**——老鼠島上最有名的報紙。不過，我的理想是從事寫作，創作有趣又**驚險**的故事！

剛剛說到哪兒了？啊對，我在打掃時揚起了一團**灰塵**，弄得一個勁地打噴嚏，然後就失去了平衡，只好拚命抓住書架。隨即「砰嘭」一聲，**所有**的書，沒錯，**所有**的書，全都從書架上跌下來，砸到我身上。

咕吱吱！

好不容易，我終於從**一大堆**書裏探出腦袋來。恰恰就在這時，我的腦海中突然浮現出慶祝我入行**10周年**的畫面。沒錯，我很早就開始創作**歷險故事**了……

在那**10年**裏，我一共出版了150本書……算到現在呢，已經**超過250本**啦。這些書全都砸到我的頭上！

十年啊……

我激動地注視着眼前的這座書山，擦了擦眼角的淚水！想起當時的慶祝場面，我依然會心情激動而鬍鬚亂顫……我這就告訴你們當時都發生了些什麼事。

那是一個寧靜的傍晚。我家裏的電話叮鈴鈴響了起來。

「喂，謝利連摩！快告訴我，慶祝活動在哪兒舉行啊？」電話那頭傳來一把興奮的聲音，那是我的表弟賴皮。

「什麼活動？」

「謝利連摩大笨蛋，你真是不可救藥！當然是《鼠民公報》的慶祝活動啦！我邀請了你所有的朋友！」

「賴皮，你怎麼連招呼也不和我打一聲，就邀請了我所有的朋友？我可沒組織什麼聚會！」

「謝利連摩大傻瓜，你真是一個糊塗蛋，每次一說到活動，你就說話不算數！行了，你知道了地點就告訴我……一想到蛋糕，我的口水都忍不住流出來了！」

莎莉・尖刻鼠
《老鼠日報》總裁

說完，他便掛了電話。我剛放下聽筒，電話又**叮鈴鈴**響了起來。

這回是莎莉・尖刻鼠。只聽她酸溜溜地說道：「史提頓，聽說你要在**《鼠民公報》**舉辦一場**慶祝活動**……難不成又想給自己做**宣傳**，嗯？」

我禮貌地回答道：「莎莉，你聽錯了。這裏沒有任何慶祝活動！」

「算你識相，史提頓，否則要你好看……」

說完，她也掛了電話。因為壓力，我的鬍鬚不禁**亂顫**起來……她的嫉妒心怎麼這麼重？!

很快，電話第三次**叮鈴鈴**響了起來。原來是我的妹妹菲：「謝利連摩，別忘了下周**《鼠民公報》**編輯部的慶祝活動！你都已經計劃好了，對不對？」

我不禁**尷尬**起來：「坦白說……我什麼也不知道！有誰能告訴我，到底要慶祝什麼呀？!」

「不會吧，啫喱！從你寫下第一本歷險小說算起，已經過去了整整**10年**。這還不值得慶祝嗎？我們得組織一場**盛大的活動**，邀請所有家鼠和朋友！」

慶祝……
還是不慶祝……

我答應她會好好考慮，隨後便上牀睡覺了。只是**一眨眼的工夫**，我已呼呼大睡。

那時我還不知道，那樣愜意的夜晚，在之後的很長一段時間裏都不會再有了……

呼呼呼！

叮鈴！叮鈴鈴！叮鈴鈴鈴鈴！

第二天早上，五時剛過，家裏的電話就響了起來……

叮鈴！叮鈴鈴！叮鈴鈴鈴鈴！

我迷迷糊糊，一把抓起電話：「喂？這麼早，到底是誰嘛……我是史提頓，***謝利連摩·史提頓***，哪位？」

只聽電話那頭傳來一把我熟悉的聲音，**震耳欲聾**：「孫兒，我會不知道你是誰？別在這兒給我說廢話啦！立刻到**《鼠民公報》**編輯部來！**十萬火急急急！！！**」

那是我的爺爺馬克斯，綽號坦克鼠。**《鼠民公報》**就是他一手創辦的*（這句話他每天至少重複一遍！）*。我能有什麼辦法，只得聽他的話，**乖乖起牀**。只要爺爺下達了命令，就根本不會有商量的餘地！我連睡衣都沒換，就**飛也似的衝出**了家門。當我趕到**《鼠民公報》**的編輯部時，早已氣喘吁吁，就像一個**蒸汽火車頭**一樣！編輯部裏空無一鼠*（當然嘛，這才清晨五時剛過！）*。

哎喲！

我穿過大樓，發現爺爺已經在我的辦公室裏等我了。他坐在我的椅子上，把腳擱在我的書桌上。一看見我出現，爺爺就立刻按停了計時秒錶，尖叫道：「**糟糕，真糟糕！**你一共花了8分48秒。我剛才不是說讓你**立——刻**來嗎？我說立刻，那就是**立——刻**，聽明白了嗎？」

「可是爺爺，我真的盡力了……」

這時，只見爺爺盯着我看，**打量**起來，咆哮道：「**糟糕，真糟糕，太糟糕！**你居然還穿着睡衣！居然沒有刷牙！居然沒整理過**鬍鬚**！我敢說，你一定連早餐都還沒吃……孫兒啊，你就這樣出現在辦公室，成何體統？」

我不服氣地說道：「可是爺爺，現在是**清晨**五時呢，平時這個時候，我都還在睡覺呢……我之所以沒吃早餐，是因為你說十萬火急！」

這下爺爺的臉色更陰沉了：「**糟糕，真糟糕，簡直糟糕透頂！**你難道不知道早餐是最重要的嗎？我在你這個年紀的時候，在清晨五時，都已經工作好一會兒了！行了行了，好好梳洗一下再過來，你得像個總編輯的**樣子**。別磨蹭了。快去！」

於是，我趕緊**鑽進**編輯部的洗手間，用五分

鐘刷牙、洗臉、整理鬍鬚，然後穿上西裝。幸好，我留了一套在編輯部，**以備不時之需**（*啊呀，我突然好想***吞下***一杯塔列吉歐乳酪奶昔呀！*）。於是，我來到自動售賣機前，**按下**了「三層陳年塔列吉歐乳酪超級能量奶昔+香草、忌廉和蜜糖」的按鍵（*嘖嘖嘖！*）。

接着，我又**按下**了「馬斯卡波乳酪香梨批」的按鍵（*嘖嘖嘖嘖嘖！*）。吃過早餐，我心滿意足，回到了辦公室。

當我回來時，爺爺正拿着記事簿，幾乎沒有抬起頭來**看**我，吱

吱叫道：「總算回來了！行了行了，沒時間浪費了。這個周六《鼠民公報》將舉辦一場**盛大的**慶祝活動！從你寫下第一部歷險小說，已經過去了整整**10年！**我們得立刻着手籌備**採訪**、電視拍攝，還有盛大聚會！」

我不禁打斷了他：「什什什麼？採訪？電視拍攝？聚會？爺爺，光是想想，我的鬍鬚都已經**亂顫**起來了呢！這壓力也太大了吧！你知道我是個**害羞**的傢伙！總之，我不想慶祝啦！」

我還以為爺爺會**發怒**，會咆哮，會強迫我聽他的話，可是……

奇怪的事發生了！

他的肩膀突然下垂……

他的鬍鬚開始顫抖……

他用我的領帶抹去眼淚……

還用我的西裝擦起鼻涕……

3 他的眼裏充滿了淚水……

4 隨後開始嚎啕大哭……

7 接着又上演了一出苦情戲！

8 這簡直讓我不知所措……

啊，路德米洛拉！

爺爺的**淚水**幾乎要淹沒我的辦公室！他一邊抽泣，一邊說道：「孫兒啊啊啊，我實在沒辦法了啊啊啊！你一定要幫我！你怎麼忍心拒絕你**最親愛的爺爺**，是不是？你**親愛的爺爺**那麼愛你，什麼都為你着想，還把《**鼠民公報**》交給了你……」

我不禁被他的話**打動**，於是安慰道：「爺爺，我也愛你！快告訴我，究竟能怎麼幫你……」

我話音剛落，他的雙眼立刻露出了**喜悅**的光芒：「這麼說，你是願意幫我了？孫兒，你快向我保證！」

「當然啦，我向你保證！可是，求你別再用

我的領帶擤鼻涕了啦！」

剎那之間，爺爺止住了**淚水**，不再抽泣，挺直了肩膀，還**高興**得搓起手爪來：「太好了太好了！你總算答應我了。現在我就告訴你，能為**我**做些什麼……」

說完，他便把一張長長的清單塞到我的面前。這張清單長得沒有盡頭似的，不禁讓我目瞪口呆……

《鼠民公報》慶祝活動
待辦事項：

1.籌辦聚會，預算不限：必須展現奢華與品味，要有豐盛的自助餐！

2.邀請妙鼠城裏社會各界、名流（尤其是路德米洛拉·德·斯卡莫絮，我知道為什麼……）。另外還有老鼠島上的全部記者（尤其是莎莉·尖刻鼠，讓她好好瞧瞧我們的成就！）。預算不限！

3.讓謝利連摩創作並出版一本紀念作品，預算不限，封面鍍金，好好說說他如何成為一名作家，尤其要強調，這都是因為我的功勞，都是從我身上學到的本事……他所取得的一切成就，都是因為我，總之……都是我的功勞！！！……我的功勞！！！……我的功勞！！！

我氣得差點**爆炸**：原來我就像個傻瓜一樣好欺負！我怎會這麼傻，問也不問就答應他？

這時，爺爺**彈了彈**我的下巴：「快打起精神！想想你要為這場活動專門寫的**紀念作品**（*封面是鍍金的啊！*）會售出**成千上萬**本！想想那個莎莉・尖刻鼠，一旦知道我們這些年取得的**成就**，該會有多嫉妒！你高不高興，孫兒？」

我終於忍不住情緒**爆發**，回答說：「不！我一點兒也不高興！我才不在乎這書能賣出多少本！我才不喜歡什麼**慶祝活動**！我也不想邀請莎莉！到時候她一生氣，誰知道又會想出什麼法子**報復**我們……還有，我最不想邀請那個路德米洛拉。我連她是誰都不知道！」

爺爺卻什麼也沒說，只是把一份小報**《八卦小喇叭》***遞到了我的面前。

*《八卦小喇叭》是妙鼠城最暢銷的小報，主要報道城裏的各種緋聞八卦。

勁爆新聞
八卦小喇叭
勁爆新聞
路德米洛拉女公爵即將光臨妙鼠城！
路德米洛拉・德・斯卡莫紮女公爵即將光臨我們的城市。這將是下周上流社會的大盛事。
這是馬克斯爺爺豆大的淚珠……

我一頭霧水。就算讀完了頭版上的**長篇大論**，還是不明就裏。我不禁問爺爺：「**《鼠民公報》**的慶祝活動，和這位路德米洛拉女公爵又有什麼關係呀？」

爺爺居然刷地一下紅了臉！這太**罕見**了！

「呃……這……你看……我年輕的時候啊，和這位女公爵上同一所學校*（應該説是同一個班級）*。她**美麗**、**可愛**、**勇敢**、**聰慧**、**富有**，而且已經**赫赫有名**，**出身名門**！我……我當時不可救藥地愛上了她*（就和我們學校的其他男生一樣！）*。但她連瞧都不瞧我一眼，因為覺得我配不上她！可是現在，我可以**贏得她的芳心**：我已功成名就，一手創辦了**《鼠民公報》***（雖然現在已交給你打理，但誰會在意那些細節）*！」

我不禁感歎：「啊，愛情！爺爺，真沒想到，你居然也是個浪漫的老鼠呀！」

說着，我便把電話聽筒遞給爺爺：「快，爺爺，現在就打給路德米洛拉**女公爵**，邀請她共進晚餐，再送她一束梵提娜**乳酪色**的玫瑰，一盒**心形**乳酪夾心巧克力……啊，對了，還要寫一封浪漫的情書，告訴她你一直都愛着她……」

爺爺卻連忙搖頭說：「不行不行！我可受不了第二次被拒絕！我需要你的說明！孫兒，你別忘了，你剛答應過我！」

他歎了口氣，還落下一顆豆大的淚珠：

「**啊，路德米洛拉，我親愛的……**」

我趕緊放回聽筒，給爺爺遮上手帕。不然，他一定又得抓起我的**領帶**擤鼻涕了呢！

我不禁安慰：「好嘛，爺爺，我幫你就是了嘛！可是，我幫你不是因為我是個**大笨蛋**，好欺負，而是因為我也是個浪漫的老鼠。我相信**真愛**……」

集合！全體集合！！

爺爺終於露出了舒心的**笑容**。

「我是這麼計劃的：路德米洛拉是你的忠實粉絲，所以我們就借着**《鼠民公報》**舉辦慶祝活動的機會，把她**吸引**過來*（不過，一定要確保這是一場盛大的活動，而不是小派對！）*。

就像我剛才說的那樣，你會專門為這場活動**寫**一本新**書***（給我記住了，必須好好寫，絕不能敷衍了事！）*。在書裏，你要明確表示，你之所以小有**成就**，成為了一名作家，全都是我的功勞*（這本來就是事實嘛！）*。這麼一來，她一定會**愛上**我……」

爺爺越說越興奮，還突然拍了拍我的肩膀。啊呀呀，這力氣簡直比**猩猩**還大！只聽他大吼：「好了好了，廢話少說，趕快去寫！距離活動只有一周時間了！**快寫快寫快寫！給我記住了，千萬不能偷懶……**」

說完，他終於關上房門，揚長而去。

我**轉過身**，想坐到書桌前，誰會想到我的**西裝**居然被夾在門縫裏。就這樣，我「砰嘭」一下**撞**在門框上，立刻暈了過去。等我蘇醒過來，上午已過了一大半。我打開編輯部的大門，**高喊道：**「全體到會議室集合，出事啦啦啦啦！」

編輯部的氣氛一下緊張起來，彷彿世界末日就要到來……

只聽佩佩麗莎尖叫道：

「**啊？什麼？出什麼事了？**

你需要我把編輯們都叫來嗎？還有消防員？救護車？你的妹妹？

你的表弟賴皮？天娜？你爺爺？」

我立刻阻止她：「不行，別叫爺爺！把其他鼠都叫來，除了**消防員**！救護車也先別叫，不過隨時準備撥打，可能很快我就會需要**醫生**的……」

我想了想：「……把天娜也叫來，我**需要**一盤三倍乳酪千層麪讓我打起精神！」

我又想了想：「記住了，絕不能把爺爺叫來，***無論發生什麼都別叫！***」

托帕蒂·帕奇鼠騰地跳到書桌前，吱吱叫道：「快快快，全體各就各位，緊急狀況，立刻行動！」

笨伯·問題鼠竄上一米高的椅子，卻不小心**踩**到了自己的尾巴，打翻了電腦鍵盤旁的香蕉乳酪奶昔。

拉利把鋼筆插在一隻耳朵後，抓起一本**筆記簿**，說：「謝利連摩，我準備好啦！」

只是一眨眼的工夫，天娜已經端着一大盆熱氣騰騰的千層麪出現在我眼前。片刻之後，我的表弟賴皮也來了，還嚷嚷道：

「嘖嘖嘖，千層麪在哪兒？哪兒？」

天娜·辣尾鼠
馬克斯爺爺最忠心的管家

快！
去會議室集合！
我來了！
快！
呃啊啊啊！

緊急響應
總編輯號召
救命啊！！！
什麼？！
怎麼了呀？
緊急狀況！
我來啦！
吱？？？

很快，又傳來引擎的轟鳴聲：

「轟轟轟轟轟轟轟轟！
隆隆隆隆隆隆隆隆！」

原來是我的妹妹菲。她正騎着電單車飛馳而來，在距離我座位一厘米的時候才剎車停了下來。只見她脫下頭盔，問道：「我來了！發生什麼事了，謝利連摩？」

我想要回答，但因為壓力太大，我的鬍鬚不禁亂顫起來，全身直冒冷汗，心臟也怦怦跳個不停，舌頭和喉嚨乾得說不出話來……

佩佩麗莎試圖幫助我冷靜下來。她給我吸了點乳酪味的鹽粒，我這才有了力氣說話：

「朋友們，下周六《**鼠民公報**》將舉辦一場盛大的活動，慶祝我出版小說十周年。借這個機會，爺爺強……啊不……讓我再寫一本

紀念作品。可是……我們就只有七天時間！這是不可能完成的任務！」

這時，蘿拉·托比尼拿起電腦手帳，啪啪敲了起來：

「嗯……這樣**特殊**的場合，我們應該不惜代價，擴大影響！我們要製作一個特別的封面，鍍金的封面！我已經想好了題目，就叫：**《黃金小說》！**」

蘿拉·托比尼
謝利連摩最忠誠的顧問

大家異口同聲叫了起來：「哇！這個名字真好！《黃金小說》萬歲！」

等大家安靜下來，蘿拉又在電腦手帳上敲了起來，說：「可是……要在這麼短的時間裏完成《黃金小說》的製作，誰又會接受這樣的任務呢？」

接着，她突然喊道：「有了！我們可以找

一本書是如何誕生的

首先，作家會創作一個引人入勝的故事，然後投稿給出版社。出版社會決定是否出版。故事的文字會由編輯修改，同時規劃版面，請插畫師添加圖片。等圖片和文字都就緒之後，平面設計師就會進行排版設計。書本內容定稿之後，就會交給印刷廠進行印刷。最後，分銷商會將印刷完成的書本運往書店銷售。

弗蘭克·快手鼠！他是妙鼠城裏最著名的問題處理專家！」

沒過多久，一位灰色皮毛的老鼠就出現在大家面前。他長着一對深邃的藍眼睛，穿着**筆挺的**西裝和精緻的**細條紋**襯衫，配搭了梵提娜乳酪色的**領帶**。

我不禁激動地説道：「弗蘭克先生，我們全靠你啦！拜託拜託，***求你了***，快想想辦法！任何辦法都行！**咕吱吱！**」

弗蘭克·快手鼠
妙鼠城的問題解決專家

弗蘭克·快手鼠微微一笑，隨後淡定地走到角落裏，打了幾分鐘電話。

隨後，他回到我們身邊，若無其事地説道：「問題解決。我知道一家列印店，是強力鼠的**超級精準快速列印店**，二十四小時營業，**爭分奪秒**。這樣，你們把新書的內文和封面都發過去，他們會**立即**印刷、裝訂、打包。」

我連忙向弗蘭克道謝，並**驚奇**地問道：「你……你究竟是怎麼做到的？」

同事們也紛紛驚呼：「**真是太厲害了！！！**」

只見他微微彎了彎腰，露出神秘的笑容：

「謝謝，其實也沒什麼特別的……

只要眾志成城，一切皆有可能！」

隨後，他轉身看向我：「現在該輪到你上場了，史提頓先生。我給你一個建議：立刻開始寫書。**不停寫啊寫啊寫！**不到結尾，千萬不要停下！」

這時，我的編輯們也開始齊聲喊道：「謝——利——連——摩，**不停寫啊寫啊寫！**」

我向大家告別，然後回到了自己的辦公室。然後，我立刻打開書桌抽屜拿出一塊牌子。

只有在緊急狀況下，我才會用到這塊牌子。平日裏，我的辦公室大門是時常敞開的呢！

到底是不是他？這可真是個難題！

我打開心愛的手提電腦。它如常用金屬般的聲音向我問好：

「斯登登登登登登登登！」

我注視着空白的熒幕，開始尋找起靈感，準備創作《黃金小說》。

就這樣，我的眼睛一動不動……

什麼也沒有。

沒有靈感。

空白。

一片空白。

我注視着熒幕好一會兒，時間長得彷彿沒有盡頭。最後，我終於絕望，忍不住抓起鬍鬚！

這時，偏偏就在這時，我突然想起老鼠島上一句**廣為流傳**的諺語*：

想要靈感，

就吃一頓豐富的乳酪大餐！

如今已是中午時分，於是我便決定外出尋找靈感。想也沒想，我就直奔美食鼠的店鋪而去。那是最能給我靈感的地方，是妙鼠城裏**最好的**乳酪店！

在接下來的幾個小時裏，我先是**品嘗了幾口**莫澤雷勒乳酪球，又**品嘗了幾口**新鮮乳酪，再**品嘗了幾口**陳年乳酪，接着又吞下**3**個巧克力和葛更左拉乳酪泡芙，**4**塊里科塔餡餅，還有**3**塊提拉米蘇蛋糕。

*諺語：指一些民間流傳，富有教育意義的俗語。

莫澤雷勒乳酪球

斯加摩蘇和卡丘塔乳酪

巧克力與葛更左拉乳酪泡芙

里科塔餡餅

提拉米蘇蛋糕

我發現自己已經找到了各種靈感！！！

這是，恰恰就在這時，我發現有一隻老鼠正走進店裏，似曾相識。他看起來很**權威**，不，應該說，像個大人物……一身灰色的毛髮，看來精心梳理過……一道堅定的**眼神**從眼鏡後射出……

那位老鼠，真是像極了**馬克斯爺爺！**

可是，又有些地方對不上。你們看：他在西裝口袋裏插了一朵**精緻的**粉紅色蘭花，戴着一頂**精緻的**闊邊帽，所到之處還留下卡芒貝爾乳酪味香水味*（那可是上流老鼠才*

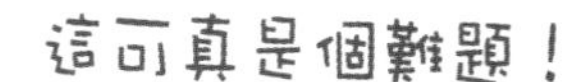

會噴的香水）……

更令我**吃驚**的是，我看見他走向櫃枱，買了一盒**粉紅色**的心形盒子，裏面裝着的是**粉紅色**的乳酪味巧克力，上面蓋着用**粉紅色**玫瑰精華製作的粉紅色糖霜……

不用想，那位老鼠，絕不可能是馬克斯爺爺！

就在這時，對方居然突然轉身看向我：「**孫兒**，就算你躲在餐牌後面也沒用，我早就看見你了！為什麼你會在這兒，而不是乖乖在辦公室創作《黃金小說》？

你這個遊手好閒的傢伙，快回去給我幹活！給我**寫寫寫！**」

那不是史提頓嘛！

被他這麼一吼，店裏的所有顧客都紛紛朝我投來好奇的目光，開始竊竊私語：「那不是史提頓嘛，謝利連摩．史提頓！」

「沒錯沒錯，就是他！」

「你們聽到嗎？他是個遊手好閒的傢伙！」

「連他自己的爺爺都這麼說！」

「他原本應該在寫作，卻跑來這裏大吃莫澤雷勒乳酪甜點！」

刷地一下，我的臉已經紅到了耳根。於是我付完帳，趕緊跑回辦公室。

這下太丟臉了啦！

幸好，當我重新坐到書桌前，已是思如泉湧。我的手指也在鍵盤上飛快地敲打起來，快得彷彿老鼠島上最有名的鋼琴家！

我開始以為自己也許能夠按時完成《黃金小說》，就在這時，偏偏就在這時，書桌上的電話響了起來。

是馬克斯爺爺。

「孫兒，你在做什麼？」

「我正在寫作……」

「好極了！我要確保你沒在閒逛，沒在用三倍乳酪的甜點塞滿你的肚子！別忘了，你可是答應過我的！」

「是的，爺爺，真可惜，我記得一清二楚。可是現在，如果你沒意見，我要繼續創作《黃金小說》了。時間非常趕急，如果你想吸引路德米洛拉……」

還沒等我說完，爺爺就問：「說到路德米洛拉，你覺得我的新造型怎麼樣？」

「這，說實話……我還真不知道該怎麼評價……」

「我知道，我知道，你一定是嚇得目瞪口呆！那是 *Charmant comme un croissant**美容院的麗鼠先生幫我打造的！

對了，我也為你**預約**了美容及造型服務呢。這次**10周年**的紀念活動，你有那麼多採訪要參加，那麼多照片要拍攝，絕對需要他的協助。孫兒，你高不高興？美容院院長親自為你服務。他說你平時實在太**不修邊幅**，不過他已經為你想好了**最佳方案**。」

「不用了，謝謝。我正忙着呢，還要創作**《黃金小說》**。這是你吩咐的！」

*這個法語的意思就是：像牛角麪包一樣迷人。

我嘗試着拒絕，但爺爺已經掛斷電話。我正想**逃跑**，這時有誰敲響了辦公室的門。原來是麗鼠先生。他一把抓住我的**尾巴**，二話不說就把我拽向他的美容院，先是給我塗上青瓜和葛更左拉乳酪味（*臭的*）的清潔面膜①，又給我用上濃

他給我塗上青瓜和葛更左拉乳酪味的清潔面膜……

隨後又給我用上濃縮柏油香波……

縮柏油香波*（非常臭）*②，然後用硫磺和斯特拉齊乳酪潤膚乳給我做起全身按摩*（臭氣熏天！）*③。為了緩解我的壓力，他還為我的鬍鬚做了一個營養鬚膜，用的是鼠坦尼亞出產的大蒜*（臭味之最！）*④。離開美容院，我終於回到了辦公室。但是我身上散發的臭味如此濃烈，根本沒有任何老鼠想靠近我！

他用硫磺和斯特拉齊乳酪潤膚乳給我做起全身按摩……

最後用鼠坦尼亞出產的大蒜為我的鬍鬚做了鬚膜！

我都跟你說了，不許偷懶！

我剛在書桌前坐下，爺爺就說話了：「孫兒，你到底放鬆夠了沒有？趕快創作《黃金小說》！

快寫！快寫！快寫！

別再磨蹭！

不許拖拉！

啊，我差點忘了，為了讓你集中精力創作，**《鼠民公報》**的慶祝活動就交給我來籌備。這樣你高興嗎？」

我謝過爺爺，便很快開始寫起**《黃金小說》**。我**通宵達旦**地寫作，終於，到了清晨五時的時候，我一頭撲倒在鍵盤上睡了過去。

才**睡了**大約五分鐘，爺爺就打開了我辦公室的門，在我耳邊吼道：

「孫兒，你是在做什麼？睡覺嗎？我都跟你說了，不許偷懶！

你這個遊手好閒的傢伙，快讓我看看，都寫了些什麼！」

我不禁抗議：「爺爺，誰說我遊手好閒！我整個晚上都在趕稿呢！」

我帶着一絲**自豪**，把即將完成的**《黃金小說》**初稿遞給了他。爺爺坐到*我的*椅子上，將雙腳**擱**在*我的*書桌上，握起*我的*紅色鋼筆，戴上眼鏡……開始在上面**批改！**

那是我的心血啊！

各位親愛的鼠民朋友：

先自我介紹一下：我叫史提頓，謝利連摩·史提頓。

這還得感謝我的爺爺馬克斯·坦克鼠。

我出生在老鼠島上的妙鼠城，我畢業於老鼠文學、地質學以及老鼠考古比較哲學專業。

它是我爺爺馬克斯一手創辦的。

我經營着《鼠民公報》——老鼠島上最有名的報紙。

我常常浪費時間

在業餘時，~~喜歡~~收集十八世紀的古董乳酪硬皮。不過，我最喜歡的還是寫作，講述一些非同凡響的探險故事。

多虧了我的爺爺馬克斯，我才能和家人們一起經歷那些特別的冒險。

我得到了一些認可，比如曾經憑藉《消失寶貝的秘密》獲得鼠利策獎……

要不是馬克斯爺爺的幫助，我永遠也不可能寫出那樣精彩的故事。

總之，我之所以能夠經營這份廣受歡迎的報紙，全都要歸功於爺爺馬克斯·坦克鼠！

爺爺終於停下筆。此時，草稿上已經沒有一行是不帶紅色修改標記的了！

因為壓力，我的鬍鬚不禁亂顫起來。我尖叫道：「爺爺，你怎麼能把我寫的都刪掉呢！」

「孫兒，你怎麼這麼多牢騷？」爺爺若無其事地從眼鏡上方望向我，「至少那些句號和逗號還在呢！我説孫兒，要不是我在這裏幫你，你説你能辦成什麼，嗯？」

「謝謝你的幫忙！這下我得重寫了……」

爺爺卻「嗖」的一下衝出了辦公室，猶如一道閃電。他邊走邊喊：「趕快去寫，這本書必須完－美－無－缺！別忘了，我要贏得路德米洛拉的心！你不許再在書桌上睡覺……」

我垂頭喪氣，回到書桌前，點了一份莫澤雷勒雙層熱奶昔，再次投入工作。

如今，我的眼窩已經垂到了膝蓋，鬍子也因為疲倦而耷拉了下來。

我心不在焉地啜起奶昔。突然，我發現杯子裏居然有一張紙條。是我的特工朋友零零K寫給我的！

我趕緊打開紙條，擦去殘留的液體，好好看看上面究竟寫了什麼：

零零K

姓名：柯內留斯・範德・卡丘特

代號：零零K

職業：老鼠島政府特工

特殊標記：總是身穿一件煙灰色的超級乾濕褸，而且無論白天黑夜，永遠戴着太陽眼鏡！

奇聞逸事：總是使用奇怪的辦法向謝利連摩發送消息……（比如這一次，居然把紙條放進莫澤雷勒雙層熱奶昔裏！）

其實，他是害怕自己的秘密訊息被截獲！

我的朋友零零K總會給我發送非常**神秘**的資訊！

誰知道這究竟是什麼意思呀？

為什麼我非得睜大**雙眼**？

不管怎樣，我知道聽從他的**建議**一定不會錯。於是，我一整天都瞪大着眼睛。但是，昨天我一夜沒**合眼**，到了下午兩點的時候，我終於堅持不住，「砰嘭」一聲倒在電腦上……

我都說要讓你睜大眼睛了！

一個小時後，我醒了過來，發現額頭上居然鼓起了一個大包！我趕快貼了張藥水膠布。

我以一千塊莫澤雷勒乳酪的名義發誓，真是痛死了啦！

但這個腫塊怎麼就莫名其妙出現了呢？

我真的什麼也想不起來呀……

我只記得（*都怪爺爺，怪路德米洛拉，怪《黃金小說》*）我在書桌前坐着，時間漫長得像**沒有盡頭**。我好幾天沒有合眼了！

啊，沒錯，我真的累極了！
累極了 累極了 累極了！

也許就是因為太累了，我倒在電腦上睡着了，於是頭上撞出一個腫塊。

不過想想，我還真是**做得好**：我已經按照馬克斯爺爺的要求，重新修改了一遍文稿。

總之，**《黃金小說》**已經完稿。再校對上一遍，我就可以交給去排版設計，定稿後就可以印刷裝訂啦！太好了！我做到啦！

就在這時，我突然想到，既然我的額頭已經**腫起**了大包，說不定電腦也被我撞壞了。於是，我低下頭，卻突然發現不對勁……

我的電腦居然不見了！

書桌上只剩下一張卡片：

我嚇得**目瞪口呆！**好不容易緩過神，就立刻大喊：「救命啊！有小偷！快來啊！我的電腦不見啦！」

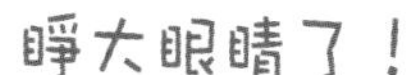

隨後我便暈了過去。沒過多久，我蘇醒了過來，因為佩佩麗莎把一大桶水澆在我身上。

「不好意思，史提頓先生。我們的乳酪鹽已經用完了，這都怪你經常暈倒！總之，你不用擔心電腦，那是Top&Top的技術員拿走的。當時我看你睡得那麼香，就不忍心把你叫醒！」

「技術員？但是我從沒叫過什麼技術員啊？我的電腦一點毛病也沒有！」

「可是，史提頓先生，那個技術員明明說，是你要求緊急維修的。」

不對啊！我從來就沒要求過維修服務！**奇怪**，真是太**奇怪**了！

現在我已來不及多想！我得儘快**拿回**電腦才是：**《黃金小說》**的稿件就存在裏面，沒有備份！我可沒時間從頭再寫一遍呀！

我抓起電話，立刻打給Top＆Top。總機提示我耐心**等待**，於是，我聽了整整半個小時的奇怪音樂。好不容易，終於有一把聲音從電話另一頭傳來，可是相當**刺耳**：「午安，這裏是Top＆Top，頂級電腦維修公司。我是斯特里娜．刺耳鼠，請說！」

「午安，我叫史提頓，**謝利連摩・史提頓**。貴公司有一名技術員拿走了我的電腦維修，但其中可能有些誤會，我從沒要求過任何維修服務。」

「不好意思，你是說，你叫史提頓，**謝利連摩・史提頓**？」

「是啊，是我，史提頓，**謝利連摩・史提頓**！」

「你確定？」

「**當然**確定啦！我難道會不知道自己叫什麼嘛？」

「奇怪，真奇怪。我這裏有一份**十分非常超級**緊急維修單，就是謝利連摩・史提頓提交的！這兒還有你的簽名！對了，順便問一下，你知道維修費用是多少錢嗎？對於**十分非常超**

級緊急需求，維修費用也是十分非常超級高的啊。正好，我需要你的信用卡號碼！或者，你可以嘗試十分非常超級方便的無利息分期付款。」

「聽着，這是一個十分非常超級嚴重的錯誤！我需要馬上取回我的電腦！」

「抱歉，我不能滿足你的要求。你的電腦已經發出進行檢查維修了。」

「發出到哪兒？」我不禁急叫，「我現在就要拿回，現在就要要要！」

「我很抱歉，史提頓先生，是你自己要求的十分非常超級緊急維修，難道不是嗎？做決定前，你應該三思啊！如今你的電腦已經發往我們在髒亂港的十分非常超級專業的維修中心了。」

「你是說髒亂港？非常感謝！」

在她用**刺耳**的聲音繼續折磨我的鼓膜之前，我已經掛上了電話。接着，我做了一個決定。如果我的電腦不會回到我身邊，那我就自己去找**它！**

我一邊衝出辦公室，一邊**大喊**：「佩佩麗莎，快通知全家*（除了爺爺！）*：半小時後在機場集合！有緊急狀況！我們得去追尋**《黃金小說》**！」

是他，就是他！

看到有一輛沒有載客的**計程車**經過，我立刻跳了上去，還尖叫道：「快，去機場！」

計程車司機**泰然自若**，頭也沒回，就回答我：「聽你吩咐，先生。」

話音剛落，計程車就**一溜煙**衝了出去，風馳電掣起來。

「拜託小心啊！我雖然急着趕路，但是小命更要緊！」

司機卻繼續**加速**，這下我的臉色更加蒼白了！

接着我便聽到一聲神秘的冷笑，說：「最好還是把握時間，你就聽我的吧，史提頓先生……」

說完，他便繼續踩下油門。這下，我的臉色就像月光下的莫澤雷勒乳酪一樣慘白。

可是，真奇怪，為什麼他的聲音會讓我覺得那麼熟悉呢？

我究竟是在哪裏聽過呢？

我偷偷向倒後鏡看去，發現他戴着一副太陽眼鏡。奇怪，這張臉也讓我覺得似曾相識呀！我究竟是在哪裏見過的呢？

哎呀……因為車子開得太快，我太過擔心，根本沒法集中精力思考嘛！直到車子停在機場前，我才明白過來……

計程車一個急停，發出了一陣刺耳的剎車聲：「吱吱吱吱吱吱吱吱！」

司機的帽子也跟着飛了出去……

這下我能在倒後鏡裏

看個清楚了。只見他一臉淡定，一雙深色的眼睛誰都不會認錯，還有微笑時皺起一毫米的嘴唇……

是他，就是他！

是我的朋友零零K！

只聽他壞笑着說：「這是超級V.I.P通行證，有了它就完全不用排隊！快去四號跑道！一架貨機正要帶着你的電腦起飛！如果你把握時間，或許還能在它起飛前取回你的電腦！」

我幾乎說不出話來：「謝謝你，我親愛的朋友！」

「不用客氣，史提頓。你知道我一直都在關注你。只可惜你總是闖禍！我太了解你了！」

「呃，你說得沒錯啦，但這一次並沒有什麼危險嘛。只是一場**誤會**而已：一名技術員拿錯了我的電腦。就是電腦裏有**《黃金小說》**的稿件，我沒在其他地方備分，現在也沒時間從頭再寫一遍。所以，我**一定**得取回電腦！」

零零K抬了抬右邊的眉毛，在我的腦袋上「咚咚」敲了兩下，說道：

「**動動你的腦筋吧，**這可不是什麼誤會！是有誰故意這麼做的！」

「你說什麼？故意的？我不明白……這是為什麼呀？」

他又在我的額頭上「咚咚」敲了兩下。

「對了嘛！**動動你的腦筋！**這才是問題的關鍵！你想想，誰最有理由做這件事，這樣你就能知道答案了。」

「可是，為什麼要讓《黃金小說》消失呢。說到底，那不過就是一本書嘛……」

「嗯，我想最大的理由就是讓它消失。不管是誰，一定會現身……好了好了，沒時間多說了，飛機很快就要起飛了！」

快如閃電，我趕緊衝進機場，發現班哲文、菲和賴皮已經在那兒了。於是，我立刻把超級V.I.P通行證發給了他們。

賴皮在熙攘的鼠羣中穿梭而過，大喊道：「讓一讓，快讓一讓！讓我們過去！」

因為尷尬，我的臉刷地一下漲得通紅。我只是默默跟在他身後，喃喃說道：「呃……不好意思……請讓路……抱歉，我們有急事！」

但是，當我們終於抵達跑道時，已經太晚了！速遞公司的飛機正要起飛……

讓一讓！
討厭！
不好意思！
小心啊！

怎麼這麼粗魯！
呼嚕！

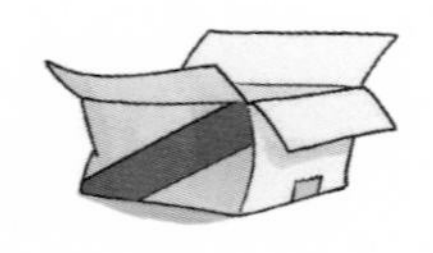

電腦維修公司的加急包裹！

我衝向電腦維修公司的貨運飛機，大喊道：

「快停下！等等！

讓我們上去！

我的電腦在飛機上……那裏面有《黃金小說》的文稿孤本！」

可是，有一個老鼠（*身材非常***魁梧**！），突然抓住我的尾巴，把我提起半空。

「喂，你這個狡猾蛋，難道你沒看見飛機正要***起飛***嗎？而且那是Top＆Top頂級電腦維修公司的貨機，難道你要鑽進一堆箱子裏不成？」

「這……**沒錯**……就是這樣！」

「簡直癡心妄想。」

「求你了，求求你了，拜託拜託，就同情一下我這個可憐又**絕望**的老鼠吧！」

但他根本不為所動，直到菲跑了過來，睜大紫色的**雙眼**，濃密的睫毛也跟着閃動，她的嘴角還露出了**迷人**的微笑。

隨後，她假裝無奈地說道：「算了，啫喱。人家不過是在履行自己的職責。啊，話說，你的身材真是**太好**了！還有你的眼神，實在太令我着迷。一看就知道，你是一隻**特別的**老鼠……

警衛先生，你不用擔心，我們不會再給你添麻煩的。我們會立刻消失，不讓你再看見……」

隨後，菲揮了揮手（*老實說，動作十分***誇張**）*，轉過頭，準備離開，還掏出手帕，擦了擦眼角的**淚珠**（*假的！*）。

沒想到我的妹妹**演技**居然這麼好！

只見那隻壯碩的老鼠**立刻**轉變了態度。他把我放下到地上（*我卻不小心踩到了自己的尾巴！*）。

隨後，他**衝向**我妹妹，激動地喊道：「求你了，*大美女*，等等！別這樣！不知道我可以為你做些什麼，*大美女*！你想**登機**嗎，*大美女*？」

菲點了點頭（*但還是假裝用手帕擦拭眼淚*）。

對方立刻回應：「如果你想**登機**，我就一定讓你**登機**。我叫羅姆爾多・勇猛鼠，隨時為你效勞！」

菲轉過身，**溫柔**地說道：「謝謝！那可不可以也讓我的朋友們也登上飛機？我們真的有**急事**！」

「所有朋友嗎？你確定？包括這個長着一張**大笨蛋**臉的傢伙？」

我忍不住急叫：「我不是叫『這個傢伙』！我叫史提頓，謝利連摩・史提頓！最重要的是，誰敢說我長着

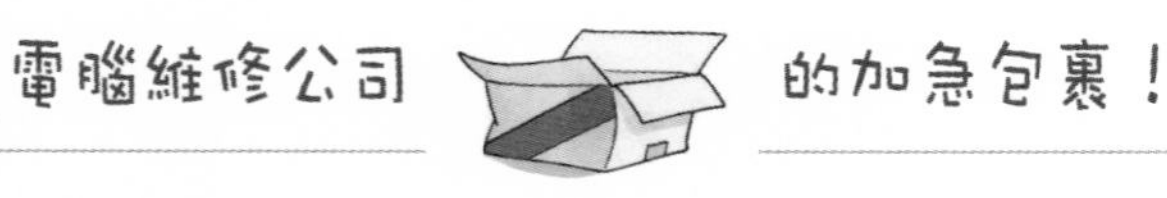

一張**大笨蛋**臉（*只是偶爾啦……總之……有時候……經常是這樣啦，好吧，我承認！*）。」

只見羅姆爾多．勇猛鼠**抓起**對講機，呼叫駕駛艙：「先關閉引擎！這裏有一份Top＆Top頂級電腦維修公司的**加急包裹**！」

我四下張望了一番，卻一頭霧水：周圍根本沒什麼包裹呀……

「**包裹？什麼包裹？在哪裏？**」我莫名其妙。

接着羅姆爾多．勇猛鼠就跑開了。我在菲的耳邊悄悄説道：「你究竟是怎麼做到的呀？兩分鐘前，那隻老鼠還是一副***橫蠻無理***的樣子，抓住我的尾巴不放……」

菲對我眨了眨眼。

「在每隻老鼠的體內都隱藏着一位紳士，你

只需要讓他現身就行！」

片刻之後，勇猛鼠抱着一個**巨大**的箱子跑了回來：「你們快躲進去，快！除了你，**大美女！**你可以舒舒服服地坐在機長身邊！」

直到這時我才**明白**了他的計劃。*我以一千塊莫澤雷勒乳酪的名義發誓*：太過分了！居然要我們假裝成**加急包裹**，一路上躲在貨艙裏！

好吧好吧。我只好和賴皮還有班哲文**躲到**箱子後面*（菲卻不用！）*。

接着，勇猛鼠用一台**叉車**將包裹**升**起到貨艙門口，並且大喊：「加急包裹！加急包裹！前往Top＆Top頂級電腦維修公司的加急急急急包裹裹裹裹！」

我不禁抗議：「呃……難道你們不覺得這

樣太**危險**了嗎？有沒有安全帶？我最怕飛行了……有沒有舷窗 *（哪怕再小也沒關係，總比沒有的好）* ？我有**幽閉空間恐懼症**……還有還有，有沒有**嘔吐袋** *（大號的那種）* ？我**暈機浪**啊，會很嚴重……」

他卻面無表情，回答我説：

「很抱歉，先生，**沒有**安全帶，**沒有**舷窗，也**沒有**嘔吐袋。你得自己看着辦！就用你的想像力吧。你不是著名的作家，***謝利連摩・史提頓***嗎？你應該完全不缺想像力吧！你就想像有舷窗，想像***起飛***的時候有什麼東西可以抓住，用別的東西來代替嘔吐袋 *（但是千萬別吐在箱子裏，裏面的貨物可是非常貴重的！）* 。」

說完，勇猛鼠就關閉了貨艙門。飛機引擎開始**隆隆作響**。它駛入跑道……最後飛離了地面……

忽上忽下……

我們都還沒來得及抓住什麼東西，就全都**滑**到了飛機尾部，三個撞在一起！

咕吱吱，簡直太**混亂**了啦！

賴皮的右腳爪**踩**在我的尾巴上，左手爪伸進了我的一隻耳朵，而他的手肘則撞到我的鼻子上！

好不容易才掙脫出來，我又突然發現了一件**可怕**的事情……

整個貨艙裏裝滿了大大小小的箱子，而箱子裏的電腦，全部都和我的那部長得一模一樣！

咕吱吱，這讓我怎麼去找我的手提電腦呀？
咕吱吱，這讓我怎麼去找我的手提電腦呀？
咕吱吱，我該怎麼辦呀……
咕吱吱，我該怎麼辦呀……
咕吱吱……

追尋《黃金小說》！

我不禁絕望大喊：「咕吱吱，到底哪一部才是我的電腦啊！《黃金小說》……到底在哪兒呀！**在哪兒？哪兒？哪兒？？？**」

幸好，這時班哲文問道：「叔叔，你試着想想……你的電腦有沒有什麼特別的記號，能夠讓我們快速找到？」

我不停地想啊想啊想……啊，我想起來了！在我的電腦上，應該有個**凹陷**。是幾個小時前被我撞壞的。當時我實在太累了，就撲倒在電腦上睡着了。我的額頭上都腫起了一個**大包**呢！

於是，我激動地喊了起來：「班哲文，你真聰明！這下我知道該怎麼辦了！快，我們一起尋找**《黃金小說》**！」

班哲文和賴皮把所有電腦都搬到我面前，讓我**檢查**。我一部一部仔細查看：「不是這部，也不是這部，這部也不對……」

我一共檢查了**七千三百二十五部**電腦，最後，當檢查到第七千三百二十六部的時候，我發現它的中央有一處凹陷！

我怕弄錯，又仔細看了一眼：沒錯！這個凹陷的形狀和我額頭上鼓起的**大包**完全**一致！**

沒錯，這就是我的電腦！

我立刻將它捧到懷裏，喃喃說道：「**我親愛的電腦呀！**誰也不能再將我們分開了！我一定會好好保管……一定會把你鎖在保險箱裏……」

這時，賴皮**彈了彈**我的一隻耳朵：「這想法好極了，表哥！話說，你為什麼不乾脆找一根**鏈條**，把它綁在你的腳爪上*（這樣我們就再也不用為了找它而趕去機場、追着飛機還藏在一堆箱子裏！）*。」

我興奮地喊道：「啊哈，賴皮，謝謝你給我出了一個好**主意！**我馬上就去找一根**精緻**的

銀鏈，不對，得找一根鋼鏈，一根*防盜*、*防搶*、*防割*、*防扯*、*防鏽*……*防一切損壞的*鈦鏈！」

我開始擺弄起電腦，想看看哪裏能扣上這樣的*鏈條*。就在這時，我看到一張**單據**。那是Top＆Top頂級電腦維修公司接線員曾向我提起的**十分非常超級**緊急維修申請單。

單上的簽名是史提頓，謝利連摩・史提頓。

可是……這不是我的簽名呀！這是偽冒的。我這輩子從沒見過這張單據！

我突然注意到，這張單據散發着一股噁心的味道，就連大象都能被熏暈過去。很快，我就聞了出來：那是雷布洛雄・法坦頓8號香水，是莎莉・尖刻鼠專門讓惡臭港的一家香水公司為她獨家訂製的。

所以，原來是她，是莎莉・尖刻鼠偽造的簽名，讓電腦公司把我的電腦拿走！

我頓時氣得火冒三丈，鬍鬚也亂顫起來：「莎莉，這一次你真是太過分了！為什麼要這麼做？為什麼？為什麼？」

就在這時，菲打開了駕駛艙門，進入了貨

膽。她回答了我的問題。

「就讓我來告訴你為什麼，我親愛的哥哥！莎莉正企圖阻止《黃金小說》出版，因為這本書講述的是**《鼠民公報》**和它取得的成就！**她瘋狂嫉妒……**」

我不禁咕噥起來：「我看莎莉應該是還不知道*（在爺爺修改之後）*，**《黃金小說》**講述的就只有……爺爺！」

這時，菲突然***驚叫***了起來：「說到爺爺……我們還得把書稿交給超級精準快速**列印公司**，就是弗蘭克推薦給我們的那家，你記不記得？*（弗蘭克總能想到辦法，不像你，遇到一點小事就驚慌失措）*！」

我的鬍鬚立刻亂顫起來，就像電風扇扇葉一樣：「***咕吱吱！***再不交就**來不及**了！我們只

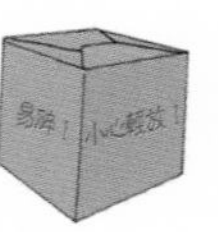

有一個小時的時間，不然就完蛋了！要是這本書無法出版，爺爺就沒法贏得路德米洛拉女公爵的芳心。我既然**親口**答應過爺爺，就必須得幫他實現心願！一諾千金！」

菲堅定地說道：「**交給我吧！**」

說完，她便返回了駕駛艙。

幾分鐘後，她拿着一個**奇怪**的背包，再次出現在我們面前。只見背包上盡是各種掛繩，菲囑咐我：「謝利連摩，快背上！還有，一定要緊緊抱住你的電腦，知道嗎？」

「哎？這是什麼玩意？」

「我稍後再給你解釋，謝利連摩！現在你緊緊把它綁在身上，然後往**艙門**方向邁一步，再邁一步，再來……很好，就是這樣！」

接着，我看見菲對賴皮眨了眨眼……

片刻之後，她打開了飛機艙門。說時遲那時快，賴皮「嗖」的一下把我推出了飛機。

菲大喊：「快拉繩子，謝利連摩！拉繩子！繩子子子子子子子子子！」

「繩子？什麼繩子？哪裏有繩子子子子子子子子子子子子子子子？」

有那麼五秒，我不停地下墜又下墜，冰冷的空氣還在耳旁呼呼作響。雖然只是五秒，卻漫長得彷彿沒有盡頭。之後，我才終於明白過來，趕緊用一隻手爪緊緊抱住電腦，用另一隻手爪艱難地摸索着繩子。好不容易，我終於找到了！猛地一拉，降落傘「噗」的一下打開來了！

救命啊啊啊啊啊啊！

超級精準快速列印公司

準備運送！

正當我掛在降落傘上來回**擺動**之時，我發現自己恰好就在強力鼠的超級精準快速列印公司上空。那正是弗蘭克推薦的列印公司。

我慢慢降落，也不知怎的，恰好就落在列印公司的屋頂上。有一位身穿**短跑服**的老鼠正在那裏等我。我的腳爪剛一着地，他就問我：「請問你是史提頓，謝利連摩·史提頓嗎？這部電腦裏是不是存着**《黃金小說》**的書稿？我們必須在明天完成印刷，對嗎？」

「沒錯，但還未進行**排版**……」我一邊回答，一邊喘着粗氣。

他一把從我手裏**奪過**電腦，一邊跑着離開，一邊大喊：「沒時間可以浪費了。交給我們就行！我們這就排版，然後送去印刷！我們的口號是：**超級列印，**
爭分奪秒，
精準快速！」

我還在費力地脫下降落傘，而他呢，已經衝

進了印刷車間，裏面的員工全都穿着**滾軸溜冰鞋**，忙前忙後，爭分奪秒！

我以一千塊莫澤雷勒乳酪的名義發誓，這樣的**速度**和效率真是讓我大開眼界呢！

看着眼前這些忙碌的身影，我不禁**出神**。偏偏就在這時，我不小心撞到了一位穿着滾軸溜冰鞋的老鼠。他正捧着**高高一疊**剛印刷完成的書本。嘩啦啦，書本全都掉在地上了。因為**尷**

尬，我的臉刷地一下漲得通紅，連忙彎下腰，想要幫他撿起，**連聲**跟他道歉。

偏偏就在這時，另一位穿着**滾軸溜冰鞋**的老鼠撞到了我的屁股。這下子，所有其他老鼠也一個個撞了上來，尾巴，滾軸溜冰鞋，還有書本，*亂作一團！*而我呢，居然被撞到了半空，最後落在**輸送帶**上！輸送帶上都是已經印刷完成、即將打包的《黃金小說》。*這時*，就在這時，我的領帶又纏進了**齒輪**，而我……就這樣被當作書本一起打包了！

我不禁尖叫：「救命啊，快**拆開**我身上的包裝！」

很快，一隻老鼠帶着一把**大剪刀**來到我面前，想要解救我，但**超級精準快速列印公司**的老闆卻**大步**趕來，命令道：「快停下！不用管他！至少他不會再造成什麼額外損失了！我看書本已經可以運送，就把他一起裝上車，和他的書一起，立刻**發往**妙鼠城！別忘了他的

電腦，不然他要是再回來拿，不知道又會惹出什麼麻煩來！」

就這樣，兩個**大塊頭**把我抬上了裝滿書本的貨車。我甚至還被掛上了一個標籤，上面寫着：

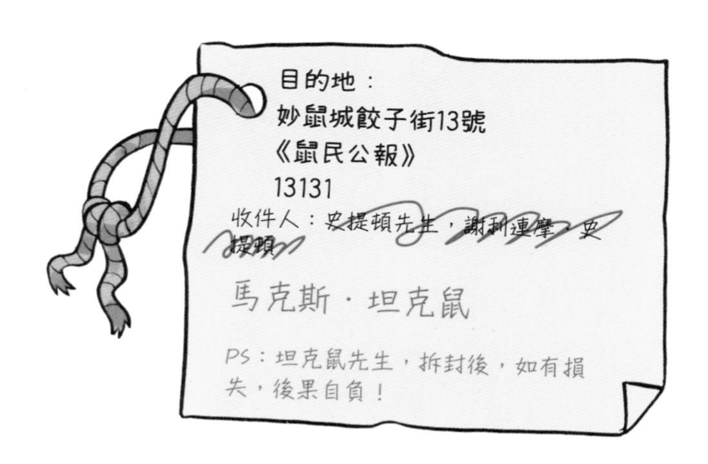

就這樣，在一場漫長的旅程之後，我終於要回到**《鼠民公報》**了！

孫兒！
好香
都在這兒了！
呼！！！
呼！！！

拿好了！

一場……玫瑰盛宴！

馬克斯爺爺已經塗了**好幾層髮蠟**，**容光煥發**。他身穿藍色雙排扣條紋西裝。整個《**鼠民公報**》的會議室已經變身為一場**玫瑰盛宴**，到處都是**蝴蝶結**（*粉紅色的！*），**心形氣球**（*粉紅色的！*），還有一個巨大的多層蛋糕（*沒錯，也是粉紅色的！*）。所有這一切都是為了路德米洛拉女公爵，因為她最喜歡粉紅色！

坦克鼠爺爺讓大家幫我**除去身上的包裝**。我剛一掙脫，就立刻抗議：「爺爺，你是不是太誇張了呀！這哪裏還**像**是《**鼠民公報**》的編輯部！這一點也不**像**編輯部的慶祝活動！一點也不**像**《黃金小說》的發布儀式！看起來，這裏就像是個單身俱樂部！像是美容公司的周年慶典！像選美比賽的頒獎儀式！」

爺爺的聲音震耳欲聾：「孫兒，你怎麼這麼說話？真是忘恩負義！這一切可都是我親手籌備的，你呢，你幹什麼去了？到處閒逛，浪費時間，又是坐飛機，又是玩跳傘！」

我想反駁，告訴他我根本沒在「玩」，而是因為莎莉·尖刻鼠搗亂，拿走了我的電腦和《黃金小說》！可我連「咕吱吱」都來不及說，爺爺就把一份三米長的傳真塞到了我的鼻孔下。

「你在超級精準快速列印公司幹的那些好事，這份傳真上都寫得一清二楚！幸好，有弗蘭克·快手鼠，他們才沒向我們索取賠償！」

這時，弗蘭克·快手鼠清了清嗓子，說道：

「嗯，真沒看出來，原來你是個搗蛋鬼，史提頓！」

大家紛紛把目光投向我，一邊搖頭，一邊咕噥：「謝利連摩，你怎麼總是闖禍！」

我沮喪極了，一邊走開，一邊喃喃說道：「好吧……既然我這麼不受歡迎，那還是離開這兒吧！我要好好休息一下。為了寫《黃金小說》，我已經好幾天……太多天沒有睡覺了（即使已經沒有鼠記得這件事了）！」

我很傷心，難過，沮喪，總之我的心情低落到了極點。

這原本是一場《鼠民公報》的聚會，慶祝我

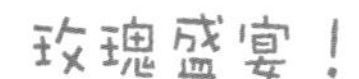

寫作**10周年**，而現在呢……唉……**沒有鼠理解我！**

走出會議室的時候，我經過了那個大蛋糕。

哇啊！那上面真的蓋了一層很厚**糖霜**（*粉紅色的！*），點綴着**心形**焦糖巧克力（*粉紅色的！*）和**玫瑰**糖果（*粉紅色的！*）。我還注意到托盤上有一圈用馬斯卡波乳酪擠出的花紋（*粉紅色的！*）。我實在抵擋不住誘惑……於是，便伸出手爪，蘸了一下乳酪伸進嘴裏。看起來真的很**好吃**啊……我閉上雙眼，盡情享受舌尖上的乳酪，可是……呃啊啊，我的嘴巴好像**着火**啦！蛋糕居然是鹹的，還很辣！不知是誰把糖當成了鹽，還加了許多辣椒粉！！

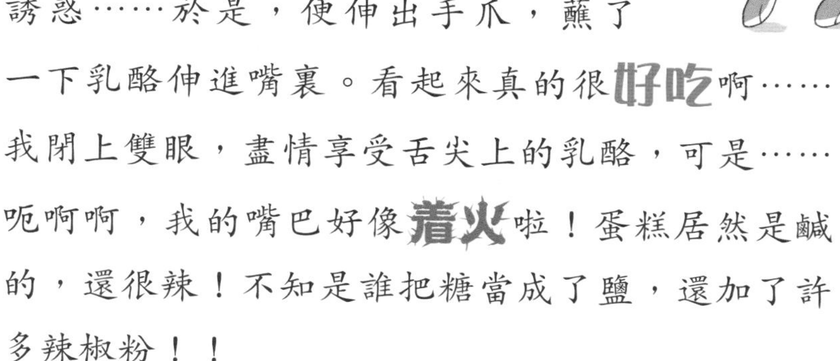

呃啊啊啊！

究竟是誰幹的？偏偏就在這時，發生了一件奇怪的事。

先是傳來一陣「**嗡嗡**」的聲音……隨後是「**咔嚓**」……再接着是「**滋滋滋滋……**」很快，從房間四處的玫瑰花束*（粉紅色的！）*裏冒出了**青綠色**的煙，一股**惡臭**也隨之在會議室裏瀰漫開來……

刷地一下，我們頓時變得臉色**蒼白**，就像月光下的莫澤雷勒乳酪一樣！

隨後，大家紛紛捂住鼻子，**尖叫**道：

「臭死啦！」

我剛喘了口氣，手機就**叮鈴鈴**響了起來。原來是莎莉・尖刻鼠。

「史提頓，慶祝活動準備得怎麼樣了？哼！」

我回答道：「莎莉，沒有任何慶祝活動！你心知肚明！是有誰故意破壞！我想我知道她是誰：就是那個阻止我出版《黃金小說》的老鼠，拿走我電腦的老鼠……」

「史提頓，我聽不懂你在說什麼！你是不是在暗示，是我往蛋糕裏放了辣椒粉，是我在花裏動了手腳，才會有一團臭氣？」

「啊！你自己承認了吧！果然是你！你怎麼知道蛋糕裏有辣椒粉，玫瑰會散發臭氣？我根本沒告訴你為什麼慶祝活動會被取消……」

「那又怎麼樣？就算被你發現了是我，你又能怎麼辦！祝《鼠民公報》好運！」莎莉說罷，便「咯嚓」掛斷了電話！

我們堅強不屈！
沒有什麼能夠難倒我們！

我朝家走去，垂頭喪氣。

如今，我只有通知大家，慶祝活動無法舉辦了……**一切都成了徒勞。**

我花了那麼多天寫完的書……費了那麼多工夫追回的《黃金小說》……

當我走到家門口時，發現有誰正等着我：

原來是**零零K**。在他身旁還站着***蒂蘭克·快手鼠***。這段期間，他已經成了我的好朋友！

零零K對我說：「你該

不會想放棄吧，史提頓？」

弗蘭克也說道：「別忘了，史提頓，我們**堅強不屈，沒有什麼能夠難倒我們！**我一個，你一個，也許不算什麼。但如果我們能把大家團結在一起，然後各司其職……」

「……就沒有什麼能夠難倒我們！」我激動地接着他的話說，「謝謝你們，親愛的**朋友們！**有了你們的幫助，我們一定能做到！」

只見弗蘭克立即給相交多年的**好朋友**，妙鼠城市長托帕多·榮譽鼠打電話。他想借用妙鼠城的**主廣場**來舉辦活動，幸得市長一口答應。

我也立刻打電話給所有賓客，告訴他們**發生**的一切，然後說：「我們今晚九時在會唱歌的石頭廣場集合，每位老鼠都帶一塊**蛋糕**和一支蠟燭來！請把這個消息告訴你們的朋友們！」

零零K則打了電話給菲、賴皮、班哲文、我的父母，還有所有朋友，分別向他們求助。

麗萍姑媽答應我們，會準備十大鍋馬斯卡波乳酪忌廉*（那可是我的最愛呢！）*。

菲則自告奮勇包下了現場**布置**的工作，還找到她的設計師朋友，讓她們把工作中多餘的彩色**布料**帶來。

班哲文和他的同學們臨時組織了一支**樂隊**，活躍氣氛。賴皮則負責**燈光照明**。

九時整，一切都已準備就緒。一千個燈籠照亮了整個廣場……

真是一場無與倫比的慶祝晚會呢！

全靠大家口耳相傳……而且每位到場的老鼠都帶來了一塊**蛋糕**和一支蠟燭，圍成了一圈。

萬歲！

到了吹蠟燭的時候，大家同時吹滅了各自蛋糕上的蠟燭……這已經不是《**鼠民公報**》的**慶祝活動**啦，而成了一場全城狂歡的活動！

咦？那爺爺和他的路德米洛拉呢？

啊哈，伴隨着星光和一千支彩色蠟燭的燭光，他們一整晚都在跳舞呢！

我也跳了一整個**晚上**呢！猜猜我的舞伴是

誰？啊哈！是柏蒂·活力鼠！我愛慕的美女鼠！

黎明到來，慶祝活動也進入了尾聲。我不禁跑去找爺爺，想問他是否已向路德米洛拉女公爵**表白**。最重要的是，對方是否接受了他的**愛！**

我希望他能比我更勇敢……*（這一次，我還是沒有勇氣向柏蒂·活力鼠大聲說出我的愛！）*。

可是，我找了很久，連爺爺的影子都沒發現。最後，我回到家，發現了他留給我的一封信：

親愛的孫兒：

我知道，我總跟你說，工作工作，沒有什麼比工作更重要。可是今晚，我突然明白了許多事……只有愛，能夠賦予生命真正的意義！所以現在，我要帶着路德米洛拉坐上遊輪，環遊世界！我們會離開很久，等到回來時，說不定會結婚喔！

替我好好看着《鼠民公報》……

我知道自己可以放心。雖然我從沒告訴過你，但在我的心裏，一直都為你感到驕傲。

愛你的馬克斯爺爺

啊，是的，各位親愛的鼠民朋友，當時我真**不敢相信**自己的眼睛！誰能想像，這封信居然出自我的爺爺馬克斯・坦克鼠手筆！

可是，**愛情**，真正的**愛**情，的確能夠改變任何人，而且會讓我們變得**更好**。我們大家，都會在生命中遇見愛情，或早或晚，都會遇見……

啊，愛情！

真是一份美好的情感！

9
1
2
18
4
8
3
12
32
13
11
10
19
45
5
22
46
20
15
17
40
7
24
26
25
28
33
14
16
38
27
36
23
37
31
21
35
29
44
41
30
34
6
39
42
43

妙鼠城

1. 工業區
2. 乳酪工廠
3. 機場
4. 電視廣播塔
5. 乳酪市場
6. 魚市場
7. 市政廳
8. 古堡
9. 妙鼠岬
10. 火車站
11. 商業中心
12. 戲院
13. 健身中心
14. 音樂廳
15. 唱歌石廣場
16. 劇場
17. 大酒店
18. 醫院
19. 植物公園
20. 跛腳跳蚤雜貨店
21. 停車場
22. 現代藝術博物館
23. 大學
24.《老鼠日報》大樓
25.《鼠民公報》大樓
26. 賴皮的家
27. 時裝區
28. 餐館
29. 環境保護中心
30. 海事處
31. 圓形競技場
32. 高爾夫球場
33. 游泳池
34. 網球場
35. 遊樂場
36. 謝利連摩的家
37. 古玩區
38. 書店
39. 船塢
40. 菲的家
41. 避風塘
42. 燈塔
43. 自由鼠像
44. 史奎克的辦公室
45. 有機農場
46. 坦克鼠爺爺的家

老鼠島

1. 大冰湖
2. 毛結冰山
3. 滑溜溜冰川
4. 鼠皮疙瘩山
5. 鼠基斯坦
6. 鼠坦尼亞
7. 吸血鬼山
8. 鐵板鼠火山
9. 硫磺湖
10. 貓止步關
11. 醉酒峯
12. 黑森林
13. 吸血鬼谷
14. 發冷山
15. 黑影關
16. 吝嗇鼠城堡
17. 自然保護公園
18. 拉斯鼠維加斯海岸
19. 化石森林
20. 小鼠湖
21. 中鼠湖
22. 大鼠湖
23. 諾比奧拉乳酪峯
24. 肯尼貓城堡
25. 巨杉山谷
26. 梵提娜乳酪泉
27. 硫磺沼澤
28. 間歇泉
29. 田鼠谷
30. 瘋鼠谷
31. 蚊子沼澤
32. 史卓奇諾乳酪城堡
33. 鼠哈拉沙漠
34. 喘氣駱駝綠洲
35. 第一山
36. 熱帶叢林
37. 蚊子谷
38. 鼠福港
39. 三鼠市
40. 臭味港
41. 壯鼠市
42. 老鼠塔
43. 妙鼠城
44. 海盜貓船
45. 快活谷

4
3
2
44
1
7
6
5
40
14
8
13
25
9
11
12
42
41
10
21
15
22
20
39
23
17
32
16
19
26
45
35
29
24
43
28
38
30
27
36
31
33
37
34

《鼠民公報》大樓

1. 正門
2. 印刷部（印刷圖書和報紙的地方）

3. 會計部

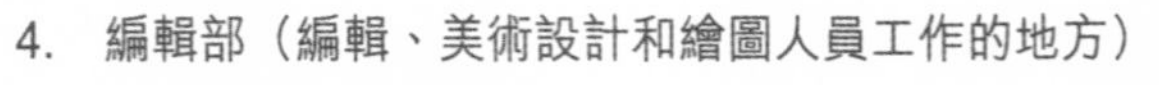

4. 編輯部（編輯、美術設計和繪圖人員工作的地方）
5. 謝利連摩·史提頓的辦公室
6. 花園

老鼠記者 Geronimo Stilton

1. 預言鼠的神秘手稿
2. 古堡鬼鼠
3. 神勇鼠智勝海盜貓
4. 我為鼠狂
5. 蒙娜麗鼠事件
6. 綠寶石眼之謎
7. 鼠膽神威
8. 猛鬼貓城堡
9. 地鐵幽靈貓
10. 喜瑪拉雅山雪怪
11. 奪面雙鼠
12. 乳酪金字塔的魔咒
13. 雪地狂野之旅
14. 奪寶奇鼠
15. 逢凶化吉的假期
16. 老鼠也瘋狂
17. 開心鼠歡樂假期
18. 吝嗇鼠城堡
19. 瘋鼠大挑戰
20. 黑暗鼠家族的秘密
21. 鬼島探寶
22. 失落的紅寶之火
23. 萬聖節狂嘩
24. 玩轉瘋鼠馬拉松
25. 好心鼠的快樂聖誕
26. 尋找失落的史提頓
27. 紳士鼠的野蠻表弟
28. 牛仔鼠勇闖西部
29. 足球鼠瘋狂冠軍盃
30. 狂鼠報業大戰
31. 單身鼠尋愛大冒險
32. 十億元六合鼠彩票
33. 環保鼠闖澳洲
34. 迷失的骨頭谷
35. 沙漠壯鼠訓練營
36. 怪味火山的秘密
37. 當害羞鼠遇上黑暗鼠
38. 小丑鼠搞鬼神秘公園
39. 滑雪鼠的非常聖誕
40. 甜蜜鼠至愛情人節
41. 歌唱鼠追蹤海盜車
42. 金牌鼠贏盡奧運會
43. 超級十鼠勇闖瘋鼠谷
44. 下水道巨鼠臭味奇聞
45. 文化鼠巧取空手道
46. 藍色鼠詭計打造黃金城
47. 陰險鼠的幽靈計劃
48. 英雄鼠揚威大瀑布
49. 生態鼠拯救大白鯨
50. 重返吝嗇鼠城堡
51. 無名木乃伊
52. 工作狂鼠聖誕大變身
53. 特工鼠零零K
54. 甜品鼠偷畫大追蹤
55. 湖水消失之謎
56. 超級鼠改造計劃
57. 特工鼠智勝魅影鼠
58. 成就非凡鼠家族
59. 運動鼠挑戰單車賽
60. 貓島秘密來信
61. 活力鼠智救「海之瞳」
62. 黑暗鼠恐怖事件簿
63. 黑暗鼠黑夜呼救
64. 海盜貓暗偷鼠神像
65. 探險鼠黑山尋寶
66. 水晶貢多拉的奧秘
67. 貓島電視劇風波
68. 三武士城堡的秘密
69. 文化鼠減肥計劃
70. 新聞鼠真假大戰
71. 海盜貓遠征尋寶記
72. 偵探鼠巧揭大騙局
73. 貓島冷笑話風波
74. 英雄鼠太空秘密行動
75. 旅行鼠聖誕大追蹤
76. 匪鼠貓怪大揭密
77. 貓島變金子「魔法」
78. 吝嗇鼠的城堡酒店
79. 探險鼠獨闖巴西
80. 度假鼠的旅行日記
81. 尋找「紅鷹」之旅
82. 乳酪珍寶失竊案
83. 謝利連摩流浪記
84. 竹林拯救隊
85. 超級廚王爭霸賽
86. 追擊網絡黑客
87. 足球隊不敗之謎
88. 英倫魔術事件簿
89. 蜜糖陷阱
90. 難忘的生日風波
91. 鼠民抗疫英雄
92. 達文西的秘密
93. 寶石爭奪戰
94. 追蹤電影大盜
95. 黃金隱形戰車
96. 守護幸福山林
97. 聖誕精靈總動員
98. 復活島尋寶記
99. 荒島求生大考驗
100. 謝利連摩和好友的歡樂時光
101. 怪盜反轉垃圾場
102. 100把神秘鑰匙
103. 絕密美味秘方
104. 追尋黃金小說

與老鼠記者一起
歷奇探險走天下！

親愛的鼠迷朋友，

下次再見！

謝利連摩・史提頓

Geronimo Stilton

1.公爵千金失蹤案
2.藝術珍寶毀壞案
3.黑霧迷離失竊案
4.劇院幽靈疑案
5.古堡銀面具謎案

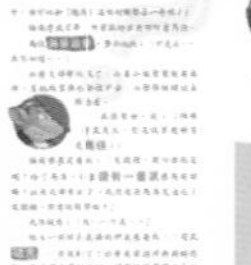